I dedicate my books lovingly to those who listened
willingly (or perhaps were tortured at times) and to my
Grandparents, my literary guiding light. As well as, to those
who have passed but still guide me now. And am – the
most grateful - to the Universal God that has given me this
incredible gift to share with the world.

. . . Victoria . . .

Dedico mis libros cariñosamente a los que me escucharon
amablemente (y a los que torturé en su proceso) y a mis abuelos,
la luz que me guio desde la infancia. Al igual, que a aquellos,
que han pasado al otro lado, pero siguen siendo mi guia
espiritual. Y más que todo – estoy agradecida - al Dios Universal
que me dio este don para compartir con el mundo entero.

And I greatly thank – the illustrator – of this book
Sierra Mon Ann Vidal

To order additional copies of this book, contact:
Xlibris
1-888-795-4274
www.Xlibris.com
Orders@Xlibris.com

Library of Congress Control Number: 2016920176

ISBN: Softcover   978-1-5245-6701-9
        Hardcover   978-1-5245-6702-6
        EBook   978-1-5245-6703-3

Print information available on the last page

Rev. date: 10/26/2019

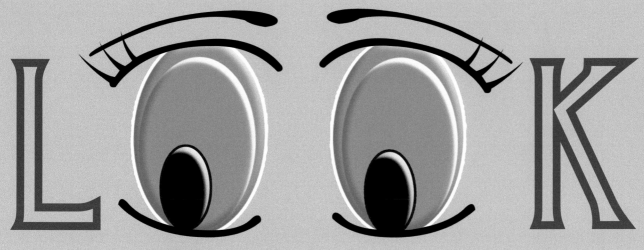

L O O K

Crazy
Stories

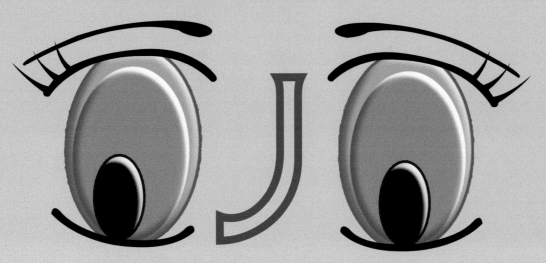

O J O

Cuentos
Locos

by

. . . .Victoria. . . .

2

THE GLOWING OCTOPUS

Village people were surprised to see crazy patterns of little and big circles going across the golden sand. They looked like small tracks of bubble-like spots that just kept moving on and on, and . . . suddenly . . . stopped!!!

Almost like . . . well . . . some kind of rolling shells or seaside creature. And that's when they realized that these patterns looked very much like TEN-TA-CLE prints!!!

Did an OCTOPUS visit them recently??? But why???

Why so far away from the deep blue sea, where it lives so peacefully???

Sooo . . . the Villagers hid behind the Palm trees at night to see what they could find. And were so excited when an OCTOPUS appeared, that first moon-lit night. As arms of large tentacles came out of the sea onto the beach making prints, like the ones left behind a few times.

Moving . . . like a gliding Monster across the darkened sand, by the water splashed upon the beach, by this enormous creature. But they weren't afraid because somehow, it seemed friendly. So instead, they called it "OTTO" and it became the village's mascot. But "OTTO" only appeared on Full Moon nights. And that . . . was very odd!

But, as different as this sea creature was, in size and shape, it also had an unusual behavior because it liked to simply . . . Moon-bathe!!!

So, each Full Moon Night, it would just find a spot to relax, where it stretched and stretched, and then danced in the moonlight. And after taking in as much light as possible, when it finally . . . GLOWED . . . enough, it returned to the deep blue sea to have fun. Otto – the unusual octopus – brought mystery and magic to all of the children of this friendly island.

El PULPO RADIANTE

Los niños del pueblo estaban curiosos por ver en la arena unas huellas muy raras. Parecían burbujas y seguían un camino bien extendido y de pronto . . . paraban!!!
Eran lindas y bien exactas estas huellas en la arena marcadas. ¿Pero, serian de algunas conchas que habían rodado? ¿O eran de algo más extraño y espectacular que se había venido del mar? Fue en ese momento que se dieron cuenta que estas huellas podían ser de algún animal marino . . . porque parecían huellas de brazos con . . . ¡¡¡TEN-TA-CULOS!!!
¿¿¿Serian de algún PULPO misterioso??? ¿Pero por qué?
¿Porque se vino un pulpo desde tan lejos del mar cristalino? Y por eso . . . los niños decidieron esconderse en la noche, debajo de las Palmas, para ver que pasaba. Porque era bien curioso este pulpo que había salido del mar sin miedo. Saliendo como un monstro gigante con sus brazos grandes y extendidos, deslizándose sobre la arena ya mojada. Dejando huellas como las que estuvieron antes.
Pero era todavía mas extraño lo que pasaba en noches de luna llena. Porque a este Pulpo le gustaba descansar y después bailar estirándose de un lado y del otro. Gozaba de tanta luz y energía esas noches de Luna llena, porque en esas noches, la Luna no se escondía. Y cuando ya brillaba mucho, con su cuerpo tan . . . RADIANTE . . . el Pulpo regresaba a su lugar preferido, el mar abierto.
Lejos de la isla con tantos niños que se habían encariñado con este Pulpo curioso. Y por eso lo llamaron "OTTO".
Y así se convirtió en la mascota radiante y hermosa de un pueblo Isleño con tanta alegría y misterio.

Spilled Marbles . . .

Here comes Nikko again to play with us in the den, I wonder if he's going to spill us all over the place. You know how he loves to bounce us all around and look at us closely to see which one he really likes. But will he trade, any of us today or just have fun and play, and then carefully put us away.

Really - who are we kidding??? He's a boy of eight!!! He'll leave us to be tortured by his little sister - instead! Well then – let's go - hold on! Oh no - Anita found us!!! Ohhh - why did Nikko have to have a little sister?

Oops! Here we fall . . . onto the floo-o-o-r. Run . . . hurry . . . run!!! This is our chance to explore! Star - Let's go - roll fast! Don't let Nikko's sister catch up! And get Chipped-off and Cat's Eye. We don't want them to get lost. And Red flame and Hardy, can you go any faster??? Remember we're rolling away so we can have a party afterwards!

Ohhh . . . it's so much fun to *roll* and *roll* and *roll* . . . and we really do change colors when we go faster each time. We are almost a blur when we roll by sometimes - so let's all scatter and then find our way back. Let's go – before we're seen. Move it! Move it! Glassy and Pristine, and let's find Twirl-around. She is such a cute one with that whirl inside. Maybe she stayed back with Sparkle and Sly. But now it's hard to know how fast they'll roll this time, since they were very close to Hefty and Chunk.

Oh, don't worry – soon they'll show. They don't like to miss anything at all. See? I told you - here they are - it just took some time. Now let's scramble again and see if they can find us around the bend. Hurry! Faster!! Run!!!

Here comes Nikko again and his crazy little sister . . . A - ni - ta!!!

Canicas
Sueltas . . .

Ahí viene Nikko a jugar con nosotras en la sala - será que va a regarnos otra vez por todas partes? Ya saben como le gusta tirarnos y mirarnos bien de cerca para ver a cual prefiere! Tal vez hoy es el día que nos cambie por otras, o tal vez solo juegue y nos regrese a nuestro lugar sin problema. Pero - esa idea es loca??? Si es solo un niño de ocho años!!! Más bien nos entregará a su hermanita para que nos torture un poco!

Pero por eso – escapémonos! sosténgaaaansee!

Ay! No!!! Anita nos encontró!!! Por qué tenía que tener Nikko una hermanita mas chiquita?

Ya vamos cayendo . . . hacia el pis-o-o-o. Corran . . . Apúrense . . . Corran!!! Es nuestra oportunidad para explorar! Estrella - vamos! Ruede bien rápido! No deje que la hermanita de Nikko nos alcance! Y dígale a Astillado y Ojo de Gato que nos sigan y así no se pierden. Llama Roja y Fuerte - por favor alcáncenos! Recuerden que después de tanto correr - vamos a festejar bien!

Ahhh - de verdad que es maravilloso . . . *rodar* y *rodar* y *rodar* . . . sÍ cambiamos de colores cuando rodamos tan rápido. Y a veces casi no nos vemos al pasar con tanta rapidéz, pero después de tanto correr regresemos a nuestro lugar de siempre.

Bueno - más rápido - antes de ser vistos - corran!!! Muévanse! Glassy y Pristine y encontremos a Bailarina. Ella es linda con el color girado que lleva por dentro - tal vez se quedó atrás con Brillante y Sly. Y no sabemos cuando lleguen porque se quedaron con el Gordo y la Pesada! Pero no se preocupen que pronto llegarán - porque no les gusta perderse nada especial! Ve! Les dije - sólo necesitaron más tiempo para rodar más. Ahora - volvamos a correr para que nos encuentren de nuevo! Corran! Rápido! Que ahí vienen otra vez Nikko y su hermanita loca . . A - ni - ta!!!

The Crazy Concert !!!

Violins . . . why do you always have to be first? I know we're big, but have you ever thought that a change would be nice? If you would let the Basses be up front, we could be great!!! Can you imagine the impact of our strong sound to start-off with? People would be startled!!!

Exactly the point, it would be too much, all at once.

We are softer even though we can screech really high, if we want to.

Well, I know, and together we've always made beautiful sounds.

Yes, I agree and since we usually work well together, we should stay where we've always been. But it's not fair!!!

O.K. Let's try something different next time we have a concert. Let's mix it up and see how it sounds. Then, after we see and hear how we perform, we'll make up our minds. Does that sound fair enough?

I guess . . . that's fair. Let me see then . . . I want to sit all the way up front and you cymbals, can sit next to me and next to you, the drums!

Boy, this is going to be fun way up here at this point. Can't wait for our next performance, we are going to rock!!!

Hmmm . . . Ummm . . . Ahhh . . .

It seems everyone is getting ready. Violins, are you there??? I'm not used to having you behind us. How do I sound? Am I in tune? Do I look wonderful???

Yes Bass, you are, and you do! Don't worry so much, that you'll be fine!

I never imagined I would be up here and it's fun, but from here it sure looks like sooo many people are staring at us. I never noticed that before, and I feel Sooo much larger here. Ohhh - nooo! I don't fit!!!

Oh, Bass! You're just panicking, calm down!

O.K. Violin, Thanks!!! Here goes . . .

HMMMM . . . Clang! Clang! Clang! Ruummmm pummm pummmm!

And on it went for a while. But halfway through the concert, during intermission, Bass decided that the Violins were right. It didn't sound the same as before, even though they were playing the same music. Something was just different!

Yes!!! The balance of the orchestra was what was off, said the violin. Each instrument has its place because it sounds better there. And they can all be seen at the same time. Bigger instruments don't need to hide the smaller ones.

Well, at least now I understand what you mean and I'm happy to be where I'm at. Thank you Violin, for helping me see that for myself. What a good friend you are!!!

El Concierto Loco !!!

Violínes . . . por qué siempre tienen que ser los primeros? Yo sé que somos grandes los Bajos, pero alguna vez han pensado en cambiar de lugar? Si pudieramos hacerlo, estando adelante seríamos una sensación!!! Imagínense eso, empezar con una música bien fuerte, para que la gente vea como somos de especial!

Huy!!! Precisamente, eso es lo que me preocupa, que sean bien exagerados!!! Los violínes somos más tranquilos y suaves en nuestro sonido, pero también podemos tocar bien alto si es necesario.

Bueno, eso sí es verdad, porque se oye cuando tocamos música bien linda - juntos.

Sí! Estoy de acuerdo y por eso creo que deberíamos quedarnos en nuestros puestos originales. Pero no es justo!!!

Bueno, la próxima vez que haya un concierto cambiamos de puestos y después de ver como nos va, hablamos de nuevo. Eso le parece justo?

Sí, es justo! Entonces . . . yo estaré adelante y a mi lado pueden estar los símbolos y al lado de ellos, los tambores! Huy! La proxima vez todo va a sonar sensaciónal!!! Por eso ya quiero que llegue el momento del proximo concierto.

Hmmm . . . Ummm . . . Ahhh . . .

Que bien, escucho como se entonan. Violínes estan ahi? Antes siempre los veía porque estaban adelante, pero ahora no los veo. Como sueno? Estoy entonado? Me veo interesante???

Sí Bajo, lo veo y oigo, y suena muy bien! No se preocupe tanto!

Nunca me imaginé que iba a estar en el primer puesto, que alegría! Lo único que me asusta es que muuucha gente nos está mirando de tan cerca. No me había dado cuenta antes. La verdad es que si soy bien grande!!! Hay suficiente espacio para todo mi cuerpo???

Bajo! Lo que pasa es que ya le empezó el pánico! Cálmese que todo va a estar bien.

Sí? Bueno, gracias Violín! Ya empezamos . . .

Hmmmm . . . Clan! Clan! Clan! Puummmm pummm pummmm!

Y así tocaron por un buen rato. Pero durante el tiempo de descanso, el mismo Bajo decidió que los violínes tenían razón, la misma música tocada igual, no sonaba como antes. Algo no estaba bien, porque el concierto sonaba un poco raro.

Y sí era el balance de la orquesta que no estaba sonando igual. Eso fué lo que dijo el violín, que cada instrumento debe de estar en su lugar propio para sonar mejor. Y además, así todos los instrumentos se ven, ninguno escondiendo a otro.

Bueno, ahora entiendo lo que me quería explicar y estoy felíz donde estoy. Gracias Violín, mi amigo, por haberme hecho entender, por qué la orquesta es como es!!!

A. Silly. Town.

Tippet, Bippet and Zippet, are identical triplets of a fabulous town where there are many other twins that run around and around. And since they are always scheming to have the most fun, when riding on the bus they pretend to be each other during the long ride home. This makes life fun but also weird at times, and mostly "rocks" as the kids love to chime: "This is the most "rocking" town around, because life repeated itself many times, in twins, triplets or quadruplets!" And they are right, as even the smallest things are always in repeat, in this awesome town of so many wonderful kids!!!

But one day of bright sunshine, Tippet, Bippet and Zippet played with Lop, Bop and Zop and they lost track of time, as hiding was their favorite sport, or at least that's what they said each time. But when – Lop, Bop and Zop decided to rest the next day, the whole town was worried, as Bop and Lop had spots but Zop - did not! And why was he not sick along with the other two, as he was part of a threesome that did everything in repeat???

So the doctor was called in, but he was just as surprised and then, all of a sudden . . .   on Zop, there were blue spots!!!

How bizarre was that, everyone thought – as Bop and Lop had red spots. But at least, now they all matched, as they were all covered in polka dots!!! And of course that made this issue fun, and they were teased over and over again, until the strange spots, suddenly stopped showing up.

Well it seems that they all were allergic, to a special plant in their garden, where Lop and Bop touched the top and Zop ran into the bottom half. But after getting shots, they all seemed to be alright, so the strange show of spots, just made it lots of fun. In this wonderful and unusual, but crazy town – that's still the silliest of all around!!!

Un.
Pueblo.
Gracioso.

TIPPET, BIPPET Y ZIPPET, SON LOS TRILLISOS DE UN PUEBLO ESTUPENDO, POR QUE ES DONDE HAY MUCHOS MELLIZOS Y TRILLISOS POR TODAS PARTES CORRIENDO. Y SIEMPRE ESTAN GOZANDO CON UNA BROMA U OTRA, POR QUE SON IGUALITOS, CASI TODOS. POR ESO EN EL AUTOBUS ESCOLAR QUE LOS LLEVA A CASA, ELLOS GOZAN CUANDO EL UNO PASA POR SER SU HERMANO O TAL VEZ SU OTRO TRILLISO. Y COMO LA VIDA EN ESTE PUEBLO ES BIEN RARA, LOS NIÑOS SIEMPRE CANTAN: "ESTE PUEBLO ES ESTUPENDO, POR QUE AQUÍ NACIMOS MUCHOS MELLIZOS Y TRILLISOS, POR ESO TODO ESTA SIEMPRE EN REPETIDO. Y TODO MULTIPLICADO POR DOS, TRES Y CUATRO, YA QUE TAMBIÉN HAY QUADRÚPEDOS."

PASÓ QUE UN DÍA DE MUCHO SOL EN PRIMAVERA, TIPPET, BIPPET Y ZIPPET JUGABAN CON SUS BUENOS AMIGOS LOP, BOP Y ZOP, POR QUE A TODOS LES ENCANTAN LOS JUEGOS AL AIRE LIBRE Y EN ESPECIAL EL ESCONDERSE. PERO CUANDO AL DÍA SIGUIENTE — LOP, BOP Y ZOP DECIDIERON DESCANSAR, EL PUEBLO SE ALARMÓ, POR QUE BOP Y LOP TENÍAN BETAS - PERO ZOP, NO! POR ESO LLAMARON AL MÉDICO, PERO EL TAMBIEN ESTABA SORPRENDIDO, CUANDO DE PRONTO ZOP, APARECIÓ CON BETAS - PERO ESTA VEZ ERAN AZULES!!!

POR QUÉ NO BETAS DEL MISMO COLOR DE LAS DE SUS HERMANOS, SI ELLOS TENÍAN BETAS ROJAS? QUE HABÍA PASADO??? PERO POR LO MENOS AHORA TODOS TRES ESTABAN IGUALES, AL TENER BETAS DE LA MISMA CLASE. Y LOS OTROS NIÑOS, SIENDO JUGUETONES, SE BURLARON DE LOS TRILLISOS HASTA QUE PERDIERON SUS BETAS RARAS DE COLORES! Y POR FIN, SE DIERON CUENTA QUE LOS TRILLISOS CUANDO JUGARON EN EL JARDÍN, HABÍAN TOCADO UNAS MATAS A LAS CUALES ERAN ALÉRGICOS. LOP Y BOP TOCARON LA MATA POR ARRIBA Y ZOP POR DEBAJO — RESULTANDO EN BETAS DE DISTINTOS COLORES. Y POR ESO, DESPUÉS DE HABERSE VACUNADO, LOS TRILLISOS VOLVIERON A SER NORMALES. SOLO EL CUENTO DE ALGO TAN CHISTOSO ERA LO QUE RECORDABAN EN ESTE PUEBLO TAN RARO Y GRACIOSO DE TANTOS MELLIZOS Y TRILLISOS!!!

Alpesina

Alpesina . . . a very special color of Lavender pine tree was found in a place called the Alps. And because of its fabulous color and whimsical style it was named Alpes.ina. Then it was brought through many towns, to be placed in the famous Artic land of "Wonders". A place where so much Christmas spirit and magic are found since there are so many Christmas trees that amaze and dazzle in different styles. It's also where Alpesina will be the main attraction, since it is the "Newest" tree to arrive this year. But being a great Big pine, Alpesina needs a lot of space to stretch and look it's best. Sooo when they finally chose the perfect "Square" for a tree so big and rare, they started to work around its base, to give it some special flair. And with modern electronic waves they caused a great pattern effect.

Now . . . only a few decorations were left to be put on, by the very skinny and tall people of the town, who mostly dress in black all the time. Since these elves don't want to distract from the beauty of the trees all around. So, they quickly measure, the height and reach of each tree, and start figuring out what they want to do with each. Perhaps sparkles and glitter, or colored glass spheres??? Which would be best for the tree of this year??? Lavender is such a special color not just any simple thing would do, for this model. So, they keep planning their art, while Alpesina waits to be dressed in style. Knowing that in the end, it too will look Spectacular!!! And that's why it doesn't mind, the tinkering up and down, of these people trying to decide, what to do with its color and size.

Then suddenly . . . a limb was being pulled and sparkles started to appear, here, there and on the tips. While the needles on one side were swiped with glue and other parts were doubled-up. It all seemed strange, but in the end, very quickly Alpesina was dressed!!!

What a spectacle this was, a lavender tree with tiny lavender lights, to show-off it's basic color. Then glitter on each needle tip to make it sparkle even more, made Alpesina almost glow. And then, one could smell a fragrance of the freshest kind, the very special Pine smell of the Alps. Not too much more was done, since Alpesina already was beautiful and it showed this Christmas Eve. As now it was, indeed, a lavender colored pine tree that fit perfectly, into the land of Special Christmas Trees!!!

"Alpesina"

Alpesina . . . es de un color Lavanda muy especial que encontraron entre los pinos de los Alpes. Y por su bello color y gran estilo femenino la nombraron Alpes.ina.

Después la trajeron de pueblo en pueblo a un lugar muy famoso en el Ártico llamado la tierra de las "Maravillas". Porque ahí se siente mucho el espíritu Navideño al tener tantos pinos ya arreglados con bellos diseños. Son muchos árboles lindos, cada uno en su lugar especial donde brillan con mucha alegría. Es allí donde Alpesina será la gran sensación al ser el pino escogido del año. Pero por ser un árbol de gran tamaño Alpesina necesita un espacio en donde extender sus ramas al máximo. Y como va llegando la hora de empezar el decorado, la gente del pueblo tan distinta por ser tan altos y súper delgados, ya están listos.

Pero no saben que hacer con Alpesina, porque quieren decorar este pino lo mejor posible, como hacen con todos los árboles que vienen desde muy lejos. Y porque cada uno es tan distinto al otro, son todos muy especiales y bellos. Por eso, se están demorando con las medidas, de altura y anchura, para decidir que hacer en esta Nochebuena. Y se oye que preguntan:

¿¿¿De que estilo la decoramos??? ¿¿¿Usamos brillos o centellas??? ¿¿¿O globos en colores de cristal??? Parece que este árbol por ser tan raro y femenino va a ser el mejor de los escogidos. Porque como lavanda es un color tan especial y único, cualquier cosa no seria apropiada para un árbol de este estilo. Por eso la gente distinta de este pueblo sigue con sus planes artísticos, mientras Alpesina espera tranquila. Sabiendo que al final, va a quedar muy hermosa. Y por eso no le molesta que suban o bajen a su alrededor, imaginando que hacer con su tamaño y color.

Pero de pronto . . . le halaron una rama y brillos empezaron a aparecerle, en varias partes. Aquí y allá y en unas de sus agujas de pino le pusieron un pegamento y las doblaron hacia arriba. Todo lo que hacían era raro, pero se veía espectacular con tantos diseños modernos. Y con muchos tonos de colores lavanda y morados. Era maravilloso ver todo lo que le hacían cuando de pronto . . . ¡¡¡Alpesina . . . estuvo lista!!!

Se veía un pino color lavanda con muchas líneas de criss-cross del mismo color del árbol. Y la fragancia de pino que traía de los Alpes, hacia todo tan agradable. Ya nada mas era necesario, porque Alpesina traía mucha belleza natural.

Por eso ahora era un árbol tan distinto, que merecía estar en donde estaba. ¡¡¡En la tierra mágica de los Árboles mas Especiales Navideños!!!

Printed in the United States
By Bookmasters